歌集

彼岸花咲(ひら)く

池野京子

Ikeno Kyoko

六花書林

彼岸花咲く　*　目次

装幀　真田幸治

彼岸花咲（ひら）く

清道を駈く

法被着る男衆（をとこし）のゐる博多なり寒き春過ぎ早や夏来たる

梅雨の間の朝映え淡き浜の宮目指してかけ来法被姿で

浜宮を目指して舁き棒六本をトラックに積む老山大工

クレンザーふりかけ舁き棒洗ひゐる男衆たちの手際あざやか

啓蟄の虫らのごとく出番来て活気づきをり男衆たちが

「山笠の期間休みます」との札のあり主が山大工なる食堂に

山笠を組む楽しみあれば学生も鳶も大工も休みて集ふ

昇き棒を台車に着けむと縄かくるたびに槌もて叩き締め込む

転んでもひかれないやう山笠の底「への字」に曲ぐ老山大工

「箱崎側」「姪浜寄り」と人形の位置を指示する山笠人形師

バス停のベンチは上等の立ち見席八基の山笠が那珂川を越ゆ

王さんがその痩身を乗り出して山笠舁く人らを棒振り鼓舞す

「忝(かたじけな)い」舁き手の背の感触に台上りせし安部龍太郎

走りつつ山笠舁く男それぞれに目にも止まらぬ早さで替はる

山笠八基駈けて行きたり勢ひ水残れる道を風渡り来ぬ

雨はれて一番太鼓鳴りひびく追ひ山ならし出陣のとき

施餓鬼棚の承天寺(じやうてんじ)住職ていねいに掌合はす奉納告げる子どもに

うどん食全国二位の福岡県饂飩発祥ここ承天寺

記事を書くより山笠舁けと町内に起居を共にし山笠学ぶ記者

東京より年休とりて山笠舁くと博多に帰り来る者のあり

サラリーマンも記者もパン屋の若衆も山笠舁くための「流れ」の一人

早暁に法被の男ら集まりて桟敷の前に黙して並ぶ

山笠を舁く法被姿の男衆ここ一番と清道を駈く

一番山笠（いちばんやま）「祝ひめでた」を歌ふとき博多人（びと）吾れ手拍子に和す

四番山笠櫛田入りして白々と夜は明け初めぬ　家居清しき

しんがりの走る飾り山笠「官兵衛」は赤き合子の兜に凜々し

くれなゐの締込みに山笠を追ふ幼女くもりなき眼にひたぶるに駈く

荒み魂慰めむとし「鎮め能」梅津社中の袴能の舞

「鎮め能」終りて帰る道すがら早や山笠解かれ骨組残る

午前六時山笠こはされて福岡は百五十万都市の貌を見せたり

追ひ山を終へて朝を灯したる縄のれんの奥ゐさらひ並ぶ

中国・シルクロードの旅

街路樹の高きポプラの樹々の葉は秋陽に光り風に揺らげり

若かりし父のスライドにわが見たる北京の街の今に変らず

くきやかに風紋の見ゆ飛行機の低く飛びゆく砂漠の面（おもて）

トランクを〈行李〉と書けり中国の空港に憶ふ日本の行李

たうもろこしぢかに路上に広げられ皮剝ぐ作業その中でする

両側のポプラ並木の葉を照らす路の真上のナトリウム灯

着陸ののち花束をうち振りて出迎へられる声あげる子らに

朱と赤を基調に織りしカーペット壁、家具にかけ包（パオ）は華やぐ

「妻の客に料理つくるは吾の役」ウイグルの男はにかみて言ふ

手伝ふはウイグル族、回族、漢族と紹介さるる見分け得ざれど

大き瓜に彫刻をして中を刳り料理を入れてもてなされをり

ナン、包子、焼き菓子などの出でしあと山と盛らるる焼き山羊料理

巡りゆく砂漠にかすか風巻きて微塵の砂が咽喉、鼻を刺す

自が幼泣くもかまはずバザールの女値引きて布を買へと言ふ

「太貴了（タイグエラ）」値引きをさせて店頭にサービスの甘きハミ瓜を食ぶ

太貴了＝まけてください

足わるき友を乗せたる荷車を眼優しき騾馬が引きゆく

風通る隙間を空けて煉瓦積む小屋に干葡萄つくられるとぞ

板葺きの屋根の一部に穴あけて採光をするモスクありたり

猪八戒が焼き豚になりしとふ伝説の草木も生えぬ紅き岩山

雨降らず虫さへ飛ばぬ乾きたる大地の上を鳥三羽飛ぶ

山攻める敵らたちまち殺（や）られけむ銃を撃ちたる城壁に佇つ

国慶節祝ひて道の辺サルビアと黄菊の鉢の花看板おく

束髪も歯も生きし日をさながらに脚長し唐の女のミイラ

人の手の加はらず先の尖りたる桃の実多に露店に並ぶ

古の貴族通りは土のみの家並続けり廃墟の街に

華やぐべけれ

路面店退きて長きをがらんだうビルの入(い)りこそ華やぐべけれ

（山口信子さん追悼六首）

長年をビルの入(はひ)りに華やぎし友のブティック今日閉店す

ブティックの季節季節のたたずまひ眺め講座に通ひし日々よ

県知事に〈婦人の翼〉を提起せし友の訃報を聞く新年会

舶来品（インポート）のブティックありしビルの入りシャイな笑顔の主浮び来

ひそかにも別れ告げられ気がつきぬ癌に侵されし気丈なる友

妣笑ふ顔

花の雲幾重かさなる涯に顕つゑくぼの深き妣笑ふ顔

目薬は左からさし眉かくは右が先なりわたしのならひ

坐禅組みこころしづかに逝きたしと九十近き父言ひましき

お三時の葛湯の器しきり舐むをさながへりをしたる女が

あんこ型力士が土俵入りをするそんな姿の梨の木続く

澄みし目に言ふ

日曜の朝の川辺に青年は鮠（はや）を釣りたしと澄みし目に言ふ

中学の頃より親しと「青葉の笛」九十四の史学者歌ふ

殺戮を嫌ひて源平に与すなく理想を追ひき宗像族は

（田村圓澄氏講演）

鰻を食べる

仰向けになりたるイルカの咽の辺をさすれば眼閉ぢて動かず

水かげろふ映る川べり高層のマンション各階ふとんが干さる

聖域となりたる平和記念公園五歳に被爆せし友と歩めり

元安川ほとりの店に粉山椒利かせて友らと鰻を食べる

蜂も来ず蝶も飛び来ず瓶の百合涙のごとく花粉をこぼす

吾が命預けてをるに問診の脳神経科医あくびなどする

よそ者と疎外されつつ起業せし若き日語る同期の人は

乾びたる銀杏落葉を巻き上げて車は行けり師走の街を

禅寺の研修

仏壇に対ひたるまま左右に坐す吾らに語る高座の老師

警策に隣の友の叩かれし音一つして静寂(しじま)破らる

汗ばみて座禅終れば風の来てほのかな樹々の香りしてをり

町人も貴人も共に名前あり仙厓書きし寄進碑古りて

前知事語る

修行僧坐しつつ並びゐるごとし苑の入り（はひ）のカイヅカイブキ

戦争を知らないかれらニューギニア飢餓の戦線執し取材す

（「蛍の木」西日本テレビ）

日本兵の御霊なるべしニューギニアの一樹に宿る蛍幾千

家猫や壁のしみなどユーモアを交へて詠みし東海さん逝く

みづからの女性政策裏話交へて大いに語る前知事

緊張の内に開校宣言をせしを憶へり三十年経つ
（県立武蔵台高校）

グライダー滑空するごと泳ぎゆく鱏見るものか　水槽は夏

高原の風の運べる合歓の香にカラスアゲハも吾も寄りゆく

母親のごとき目をしてビオトープの牛蛙語る若き研究員

帰京する子を空港に送る道祭使のごとくとんぼ群れ飛ぶ

落成祝

朝光に初鶯のをさな声、わが胸裡の春を開けり

グリズリー飼ひたいなんて言ふならむテディベアーと過す幼は

がうがうと滝響もして霧ふかきナイヤガラ飛ぶ小さき鷗ら

花吹雪く桜並木を見え隠れ黄色帽子の子ら駈けゆけり

「さて今日は何事ですか」わが前に君の遺影は柔らかに笑む

五月なりあらくさに花小さき虫孵（あ）れてうつくしああ五月なり

陶工の無縁塔約八百基伊万里の窯の煙を目守る

朝鮮の陶工の裔と言ふ友と大川内山の坂上りゆく

鼻先に草の切れ端つけしまま馬の親子がバスに寄り来る
（都井岬）

「お祝儀は無用」の特別養護老人ホーム落成祝の花鉢あまた

喜寿過ぎて特別養護老人ホーム立ち上げし友のファイトに脱帽しきり

「藍染めを受け継ぐ子」とぞ詠まれしは目元すずしき背高青年

ダムは静もる

児童らにもらひし文は口裏を合はせたやうに「長生きしてね」

秋の陽は窓透り来て友の着る白ブラウスに虹を生みたり

誰の子かわからぬとうそぶく男の辺搔爬を受ける高校生泣く

深山の木霊はささやく露天湯の熱きにひとり瞑りてをれば

昨夜(よべ)活けし白百合咲きて元旦の玄関さながら香りの器

先輩にいかに返さむ「空し」とふ文字乱れたる賀状届けば

料理出しワイシャツを出し靴を出し打出の小槌のごとき妻われ

粉雪が浄めのごとく降る朝親しき人の訃報届けり

雲ひかる空と山なみ映しつつ春まだ浅きダムは静もる
（立川ダム）

ストレスをためてはならずと言ひませりパーキンソン病の師はいくたびも

朝なさな「行って来ます」と言ふ幼寒さきびしき今日は小声で

ぼた雪を重く置きたる白梅はけふの日射しに香りを放つ

敬慕せし人逝きますを知る宵の三日月淡く吾を照らせり

女性研修の翼報告会

自が病触るることなく足わるきわれを気づかふ友は電話に

咲き初める白き菖蒲よ今年また「ごきげんよう」と亡き叔母の声

「母上に賜びし菖蒲が咲いたよ」と今年も従弟に電話をかける

手作りの灯籠点しクッキーをもてなしくれるデンマーク報告会
（福岡県女性研修の翼報告会）

デンマークの女性議員を語りつつ声潤ませる若き女性は

ノルウェーを視察せし若きら熱く語る女性首相の生き方来し方

女性研修の〈翼〉の結団式に来て激励すれば若き日の顕つ

吾を励ます

胆管を取換ふるオペ三度(みたび)せし友はオペ受くる吾を励ます

胆管癌で入院せる友祝宴に四段重ねの弁当食べる

葬式の段取り自分でする姑の食太きこと嫁は言ひたり

敬愛せし友ら次々逝きまして背中びしびし痛む冬の夜

君が孫五歳泣きつつその小さき手を握りいま棺見送る

棟の実

笑顔にて語れるごとき文書きし『人権と文化』の編集長逝く

フランスで買ひしと友はステッキの銀の把手の彫刻を愛づ

木の把手銀の把手とファッションに合せて友はステッキ選ぶ

大根が市場(いちば)に並ぶやうにして注射待つ間の患者らの脚

カメラ目線ビシッと決めて一年生〈一休さん〉踊る本部席前

綱引きに飛び入りせむと隣席のをばさん抜かりなく手袋す

「左側に見える」と車内に告げらるる富士は良きかな夏富士もまた

棟(あうち)の実多につきゐて五年前実を拾ひゐし宮英子さん

木原氏のひと世

木原氏のひと世偲べり『千羽の鶴』『二次林』『しらぬひ筑紫』を読みて

すんすんと水引草はくれなゐに八十三の誕生日けふ

アル中のA氏を床屋に噂して「喋り過ぎた」と帰りゆく人

若き日に秘めし情熱思ひ出づ間欠泉の湧くを待つ間に

緻密な細工

あさなさな額の絵を見る今まさに咲きたるばかりの牡丹(ぼうたん)の花

宗像の庭上祭場へ登りゆく女性のパワースポットなれば

古のままに春秋祭祀する神の依代(よりしろ)楢の木の立つ

七世紀新羅渡来の金の指輪緻密な細工現代風なり

こんもりと草生ひて立つ古墳群宗像族の生き方偲ぶ

薔薇の香のなか

見下ろしに街の広がるその涯に春日を反(かへ)すいちまいの海

〈「母さんと仲良くしたい」娘〉とあり春日あまねき境内の絵馬

薔薇の香のなか妹は雨囲ひ消毒施肥を語りて止まず

妹のくれたる赤き蕾二つ活ければ早やも薔薇の咲きたり

裡なる声

気遣はれあらためて識るわが齢少し休めと裡なる声す

団塊の世代の男性多に来て「共同参画」熱く聞きをり

夫のゐぬ食事は侘しと妹は金婚にして新妻のやう

少し食べ少し眠れる時の間に人ら老いゆき吾も老いゆく

力水かければはしやぐ子どもらの神輿に老いら息急きて従く
（住吉神社夏越祭子どもみこし）

賞状を受く　　福岡市文学賞（短歌部門）第二歌集

歌の友同窓生らの並ぶなかこころ引き締め賞状を受く

初登庁せし日の浮かぶ懇親会会場ここは旧教育庁舎

先輩ら五人と写真に写れるはあのバルコニーなりしと見上ぐ

赤き屋根青に替りて三十年前の委員の二人は鬼籍

受賞祝ぎくれしが話題は移りゆき死に関れば熱帯びて来ぬ

万の芙蓉

炎昼を歩き来たりし会議場万の芙蓉が風にそよげり

雀鳴きからす鳴き交ひ蟬しぐれどっと重たき晩夏の朝

水のみに育てし鉢のミニトマトルビーの如き実をつけてをり

蟬時雨激しき朝に寺の鐘ごおんと響き七時を告げる

来年のテレビドラマを先取りし今年の山笠(やま)は「官兵衛」ブーム

肌つややか

顔面を百度叩くが日課とふ九十三にて肌(はだへ)つややか

怪獣の如き掘削機いくつ立ち新校舎用地を深く掘りゆく

新校舎建設予定の墓地跡に鎮魂の経流れる晩夏

旱魃で褐（あか）くなりたる十薬に一雨降れば青き芽の出づ

美野島の歴史　地域の小学校の閉校に寄せて

新設の校舎の邪魔になるゆゑにシンボルの榎切られたりけり

シンボルの榎より鳩飛び立つを灯明の灯に児童ら描く

登るありブランコ漕ぐあり下がるあり榎に遊ぶ子どもら自在

あけそめし夏の朝を起き出でぬ子らは祭の神輿かつぐため

児童らの輝く瞳に会ひたくて今朝水曜日読み聞かせに行く

みのしまの歴史を子らに語りをり千年生きし媼のやうに

「そのむかし那の津に浮かぶ」と歌ひ来し〈みのしま〉の名の学校失せぬ

天高く惜別の情溶けゆくか飛行機仰ぐ人文字の子ら

幾回も旋回をして人文字の子ら撮る飛行機その体光る

やきいも

「やぁぁきいもぉぉ」声ゆるやかに流れきぬ酷暑やうやく過ぎたる今日を

山吹色の芋をはふはふ食べてをり街のベンチに照れ笑ひして

塀の上に坐りたる猫窓越しに体操をする吾を覗けり

灯明祭過ぎて灯りを落しゆくわれの背中に虫の音すだく

ゲンキヲクダサイ

吾ならば何を飾るかホスピスの友の病室さながら画廊

一人居を通しし友はホスピスに子らに看取られ楽しさうなり

最後かと思へど友とホスピスに常の日のごと世間話す

しつかりと吾が手握られホスピスの友に迫らる「ゲンキヲクダサイ」

安部医院の大火

早朝のニュースに知りぬほど近き安部整形外科医院の大火

火の粉など飛んで来たかと言ふ友に説きをり鉄筋建築の惨

〈進入禁止〉の札の下りたる火事現場破れし窓の奥は暗闇

火事現場外壁に沿ふ若竹の皮つけしままあまたそよげり

診療の合間に鯉に餌をやりし亡き院長を友は語りぬ

患者増え手狭となりし安部医院器具の間をつま立ち歩きせりき

安部医院大火五日後、今もなほ熱気帯びたる記者らの取材

秋空に梯子立てかけああわれら防火訓練す医院大火後

スプリンクラー有床施設国庫補助一〇一億円年末決まる

院長の刑事罰なんとか避けむとし患者吾らは署名集める

原因の究明のための一年余安部医院けふ解体されつ

大気汚染

茎折れて萎れし水仙つくばひの水を上げつつふたたびを咲く

大気汚染ひどくて今年の花見の宴公民館にて行ふといふ

赤い裾除け

極楽のあらばかくあらむ咲き盛る河津桜にメジロ飛び交ふ

春されば吾の目覚めを誘ひ鳴く鶯ことしは二日しか来ず

古びたる抽出の隅まつさらの赤い裾除けたたまれてをり

火事現場に女が振りて延焼を防ぎし赤き裾除けこれか

火事除けの赤き蹴出しのまつさらを取出し雛の花氈に使ふ

さつしー

見るからに草食系の男らがさつしー来るとて朝から並ぶ

大阪や鳥栖から男ら駈けつけぬＡＫＢ48のさつしー見むと

さつしーは弁当を渡すのみにして踊らず歌はず握手もしない

がむしやらに歩み来しかど八十の峠にしばし吾は憩はむ

管理職は男性ばかりの県教委孤軍奮闘せし日も遥か

「またこれか」「硬い」「甘い」と小言増え老いゆく夫に如何に対はむ

一回生なれば

卒業時三十三名六十年経て盛んなる十名集ふ

一回生なれば教授と肩並べ　わが論も載る卒業文集

紙褐（あか）くなりし卒業文集はMさんの字の謄写版刷り

夢多き二十二歳は夢を追ふ八十二歳を思ひ見ざりき

朝なさな枇杷の坊やがウインクす紅（あか）みを増して枇杷太りゆき

不可思議なるをとこ

六十年添へど不可思議なるをとこ夫と連れ立ち温泉に行く

出で湯にて四肢をほどけばうつしよの悩み、しがらみどうでもよろし

涙のしみ

喪の服の涙のしみを洗ふとき師の思ひ出が押し寄せてくる

わが家の鏡は魔法ならねども笑顔にうつす疲れたる日も

コウノトリ

長き脚ゆっくり寄るに気が付かず鸛(コウノトリ)に捕食されたり虫は

テリトリー守らむとして柵に添ひコウノトリみな外向きて佇つ

丸き目はイタズラつ子の表情す眉描かざるちひろの幼

すいみつのごとき肌(はだへ)の愛しくてちひろの幼の絵に会ひに行く

特攻兵飛び立ちゆきし基地いまは五万のコスモス揺れゐる浄土
(旧大刀洗陸軍飛行場)

コスモスの妖精（ニンフ）となりて空仰ぐ花とりどりに揺れるその中

ペットの項

財産や家族の項に並びありエンディングノートのペットの項が

何時の間に根付きしものか庭隅に灯りを点す彼岸花四つ

香を焚けどモーツァルト聴けど眠られぬ秋の夜更けをスマホに遊ぶ

炎暑の街

ミズナラの樹液光りてかぶとむし、くはがた来れば蜂も飛び来る

炎天下厚化粧なる土婦なつさんチンドン隊に鉄琴ならす

天神に鳴る鉄琴にチンドン隊バラが咲いたと歌ひつつゆく

踊りありお手玉ありのチンドン隊通れば炎暑の街沸騰す

空き缶を積む自転車を漕ぎてゆく手元まで煙草吸ひつつ老女

雛を飾る

つづまりは体操するが良しと知る首の筋肉痛めて三月（みつき）

まばたきや語るしぐさが亡き父を思はせる弟初老の風情

男の子のみ育てし吾が老いづきて母の形見の雛を飾る

餌づけせし丹頂の群に囲まれて九十四歳女の笑顔

鶴に乗り世界を巡る夢を見て女はこの地釧路に生きる

とりどりの梅千本の咲く園に憩ふわれらの身は匂ひ立つ

綻びはじむ

寛大に謙虚に生きむ仰ぐ梅蕾の一つが綻びはじむ

長引きし風邪の治れば今日からが私の新春睦月九日

除染とは移染のことか人間の住めるところが減りゆく日本

朝の陽にビーズ刺繡のごとひかるカイヅカイブキのあまた水滴

日曜の早朝ゴルフに励む子に小児喘息の辛き日ありき

寒牡丹

藁囲ひの中の二輪の寒牡丹頰を寄せ合ふ女男のごとしも

群鳩は社務所の屋根におのがじし春の日射しに羽づくろひせり

八十にならねばわからぬこともある親しき人ら逝ける淋しさ

グループあり一人もありてシニア用マンションの食堂しづかな夕餉

「これからはわたしの時間」夫逝きてシニアマンションで麻雀する友

友訪へば

ダウン症の子のため生きむ詠はむと言ひし熱意を友は失ふ

ひねもすをソファァーに過しゐるといふ友よ再び愛を詠へよ

一年終る

ベランダの屋根を伝ひて歩き来る樋の水飲む鴉入道

来る年はあなたの年と木製の羊の置物友はくれたり

友の夫の作なれば面差し通ふらむひげ長く眼やさしき羊

「百歳まであなたは元気」とおだてられ会合続く疲れ忘れて

ピンク色の大きなランドセル背負ひ鏡の前に「あかんべ」をする

夏はたけなは

鴉らの声止みてより熊蟬の鳴き出でて今日の酷暑を告げる

身の巡り親しき人ら次々に逝きてあの世が近しくなりぬ

小六の男孫を一夜預ればスマホの故障直してくれる

今日もまた黒揚羽蝶飛び来たりわれの暮しをうかがふごとく

父の肖像

抽斗の隅にころがる「これは何」父の米寿の肖像ペンダント

「女性の翼」団長吾を励まししペンダントなる父の肖像

食べて寝てまた食べて寝て傘寿なり〈今日の運勢〉野心を持てと

ひさかたのアメイジング・グレイス奔放に生きたる友の出棺送る

（小島利子さん二首）

雲南、ラダック、シリア、モンゴル訪問記『砂暑き国』友は遺しき

抽象の日本画あまた描きし友基本はデッサンといくたびも言ふ

鯨墓（くぢらばか）覆へるごとく伸びる枝に多の花芽の光る梅の木

張りぼての鯨を浮かべ捕鯨せし時代恋ふとぞ島の祭に

若葉匂へり

八十年働いて来しゆゑならむ左膝疲労骨折したり

初めての入院となり日用品準備をすれば旅立つ気分

病室の入口の吾が名の赤印緊急退避車椅子とぞ

「左脛骨内側顆軟骨骨折」はギプスを巻きて自然治癒待つ

病院の管理下にあるわが身なり綿のごとくに眠るほかなし

常夜灯喘ぐがごとく点滅をくり返す見ゆ膝痛む夜半

深夜にもトイレ介助をしてくれるナースの担当患者十人

鳶の二羽自在に空を飛びゐるを見て病室に時間を過す

病院のシャワーのお湯に艶めきぬ八十三歳をみなの肌（はだへ）

病む脚を捧げ持つごと過す日々早やひと月が逝きてしまひぬ

ブロッコリーのごま和へ旨し退院ののちは夫に作ってあげよう

梅干をチョコレートをと頼みをりギプスとれればやうやく吾が身

夕風の匂ひと花びら髪につけ仕事帰りの友の見舞ひ来

女性の力結集せむと選挙応援メッセージ書く夜の病室に

選管の人目守るなかに投票す患者食堂に車椅子にて

ゆっくりと静養せよと言はぬ夫早く帰って来いとも言はず

「発車オーライ」気合を入れて歩き出す八十八歳リハビリの友

病院の窓より見える青空に雲湧き出でて五月近づく

病室に空を眺めて「よか気分」空を鴉が三羽飛びゆく

少しづつ歩く距離増え二ヶ月ぶり外に出づれば若葉匂へり

天晴れ義妹

夫逝きて三十余年四人子を育て上げたる天晴れ義妹(いもうと)

友の夫、先輩の孫わたしの子みなK大出のワンゲル部員

立秋のけふは酷暑がやはらぎてゴキブリ、藪蚊活動始む

神に祈りて

邂逅は叶はねど遺志継がむとし生誕の門彫る外尾悦郎

日本人吾に任されしはなぜだらう自問し止まず外尾悦郎

石に魅かれ石と語りて石を彫る外尾悦郎神に祈りて

会ふたびに大人さびゆく小三の少女が唄ふ「トリセツ」の歌

男性ヘルパー

庖丁を上手に使ひ子を持たぬことしみじみと男性ヘルパー

老いの身こそ学べとわれに言ふごとく友ら各々著書を送り来

吾が下着濯ぎ物よりそつと除く男性ヘルパーの急な派遣に

適度なる運動になると床を拭く男性ヘルパー六十五歳

並木路のいちやうはららぐ下に顕つ長きお鬚の江嶋寿雄師

面差し明かる

ラベンダー頬に添へれば急逝の友は柩に面差し明かる

五十人の湯呑み覚えて茶を淹れる新人心得今は昔ぞ

病院の妻見舞はむと新年会終るすなはち去る数人が

妻を看取り老い深みしか疲れしか友はビール瓶またも倒せり

朝なさな「行ってきます」と言ひくるる子に残したし平和な国を

福岡県朝倉市の豪雨

避難場所の備へあるのか豪雨禍の「一万所帯の避難勧告」

テレビにて知るのみの惨、朝倉市地域に住まふ友らよいかに

音信の途絶えし友の子のうつる酒蔵に泥水かき出すニュース

ボランティア若きら励むを側に見てそこばく送るのみなりわれは

水害に流木あまたああかつて山林保護を父の説きしが

やうやくに納屋の二階に住み得たる被災せし友の〈富有柿〉届く

滅私奉公

大空を飛ぶ鳥のごと自在なりギターで歌ふ飲み屋の主

ミニライブ明日に控へて音合はす飲み屋の主と教師の息子

広告業、宅配業また勤務医といまの世にある滅私奉公

ちから漲る

見得を切る中村芝翫と眼が合へば吾が裡に咲く大輪の花

八代目芝翫演ずる「河内山」壮の全身ちから漲る

雅(みやび)と艶堪能したる夢ごこち踊る菊之助藤の精なり

引揚げ時、性暴力に身籠りて掻爬されにし一万人はも

眼の手術後は
「月二つ見ゆ」と詠まれし大野師は白内障かと今ならわかる
（大野展男氏）

白内障は老いの大方通る道夫はだまって歯磨きをする

両の眼に一日四回三種類目薬さすにやうやく馴れる

ひとの顔見る度眼球（めだま）の大きさを推し測りをり眼の手術後は

心不全にて再び入院

腰痛の夫へのコール朝七時入院中の吾が日課なり

利尿剤を点滴注射に入れられて体重一日（ひとひ）に二キロ減りたり

ごみ集めに来たるをばさん足止めて患者の吾に身の上語る

電極シールをわれのはだかの胸に貼る男性看護師にやうやく馴れる

検査機の前に立つたびいくたびも吾が名と生年月日告げたり

心エコー、心筋シンチグラムなど検査、検査の新機器巡り

車椅子押され検査に行かむとすバルビゾン派の絵のある廊下

減塩の手本にせむと病院の三度の食事味はひ食べる

広島のオバマ氏

オバマ氏のこころ受け継ぐ人出でよ核五十万発あるこの星に

赤頭舞ふ

火入れ式終れば一気に異界めく能舞台いま囃子始まる

この橋の向うは浄土薪の炎(ひ)に赤頭(あかがしら)舞ふ白頭(しろがしら)舞ふ

薪の火の揺るる炎先に触れむばかり激しく面ふり赤頭舞ふ

「お姉さま」また「京子ちゃん」と呼ばれればわれのイライラ消えゆきにけり

土砂降りの雨の中扉を叩く音開ければそこに牛蛙をり

女正月

待ち待ちし女正月招かれて茶会に湯の沸く音を聴きをり

水仙の香る床の間「閑坐聴松風」軸の一幅

その人の夫の遺影の見下ろせる茶室に友のお点前進む

大ぶりの萩焼茶碗に点てられて濃茶はうまし小春日の午後

広がれる花筏の端カップルの影とわが影共に揺れをり

ワイン汲み交ふ

滝壺にほのかに顕てる虹の輪のたまゆらは消ゆ風に乱れて

握手する掌の柔らかし指揮棒を激しく振りし現田茂夫氏

男性と同一賃金であるべきとつねに述べゐきありし日の友

（林弘子氏二首）

飲みに行く誘ひ断りし悔い持ちて遺影の友とワイン汲み交ふ

三時間の世間話で満足す八十五歳わがクラス会

チューリップはらり散りたり精一杯生きたと言ふごと春の日射しに

米朝会談の日

秋風のやうな風吹き久々に午睡楽しむ米朝会談の日

セントーサ島で演技を競ひ合ふ三文役者ドナルド、ジョンウン

バーグマンに似る友なれど納棺師の化粧に面影消えてさびしも

バーチャルの世界に馴れたる子どもたち金魚すくひに人影まばら

足病みて籠り居長き吾の眼に筑後平野と青空広し

師のバリトン

礼拝に讃美歌流れ逝きませし師のバリトンの聞ゆるごとし

城南教会納骨堂44号室　師のご夫妻の骨壺並ぶ

学生の吾を懐かしみ六十余年師は呼びましき旧姓のまま

権禰宜の友

兄逝きて実家の権禰宜継ぎし友ときに「巫女さん」と呼ばれると言ふ

町起しせむと権禰宜、御神幸祭、歩射祭などに人ら集めて

「前夜」のごとき

時ならず浮かぶ軍歌のメロディーよ「前夜」のごときこの日々にゐて

時ならず浮かぶ軍歌のメロディーよ恐竜出で来て記憶を食べろ

蘇芳、椿、躑躅、牡丹咲き継ぎて濃紅、薄紅彩ふわが庭

若き友の歌はたいていわからないわからんけれど読めば楽しい

桜咲く

恒例の鎮守の杜の花見会花は一輪で夫発熱す

空襲に話及べば黙しをり罪にあらねど疎開せし身は

米寿の夫

入退院くり返しつつ存(ながら)へて早くも米寿を迎ふる夫は

「よくもまあ何度も生還されました」医師は夫の手熱く握りき

少年のラグビークラブを創設し子ら指導せり壮の日の夫

頸骨を傷めてしかめつ面の夫米寿の頭巾、ちやんちやんこに笑む

子ら四人ラグビージャージ着て祝ふ指導者たりし父の米寿を

玉城デニー当選

白秋祭短歌大会の帰りみちわれを追ひ越す熟年の友

しがらみをみんな忘れて普段着で一人茶房にのんびりコーヒー

外灯を消して新聞取りに行く今日の吉事は〈玉城デニー当選〉

秋日差す福岡市長選投票所手持無沙汰の係の人ら

やうやくに身体の機能を知る思ひからだがたがた医者通ひの日々

女性市議増ゆ

皆無から三割に増ゆ女性市議　わが住む地域の選挙速報

健闘を称へむ福岡市議選に挑みし若き女性十九名

夫入院す

やうやくに肺炎治り夫は待つ鼻孔より摂る粥神妙に

二十日余り寝つきゐし夫が「歩いた」と医師看護師ら口々に告ぐ

病室を出る吾に言ふ「身体には気をつけろよ」とやんちやな夫が

顔色もよくなり元気に語る夫嚥下訓練気長に励め

イヤリング

「イヤリング、よく似合うね」と常ならば言はぬこと言ふ入院せる夫

ロケットの赤児の写真胸に下げ励む女医さん夫の主治医

三ヶ月入院しゐる夫訪へばはじめて見せる菩薩の顔す

病院の夕の廊下に流れ来る「ここはお国を何百里」の歌

病院の夕に軍歌を歌ふ人、今日は「オーイ、オーイ」と叫ぶ

朝まだき夏越の祭の太鼓の音「自粛」といふ名の廃止となりぬ

昼間のテレビ

敬老の日のプレゼントの子らの文捧げ持ち来る校長先生

夏過ぎて女子中学生はしきやし伸びし背丈に大空仰ぐ

病室で胃瘻する夫嘆き言ふ「昼間のテレビは食べ物ばかり」

「男の料理」勧めしことを思ひ出し胃瘻の夫のテレビ消したり

猪が襲ふ前にと収穫せしつや良き栗を友は送り来

早くも米寿

子ら孫ら集ひて米寿祝ぎくるるまされる宝子にしかめやも

めでたさも中くらゐなる米寿なり夫は胃瘻で吾は心不全

人の恐さ、人との楽しみやうやくに心得て来て早くも米寿

早々に代表質問に取り組みぬ県議になりたる六十五の友

やさしき少女

穏やかな初日の射せる吾が庭に今日は鴉が一羽も来ない

飛び出すな頭を被へ小銭持て地震に会ひし妹の言

（阪神・淡路大震災より二十五年）

咲き満つる庭の紅梅、白梅を撮りゐる少女のうなじの細し

暖冬に桜の蕾ふくらむを語れり病院のベッドの夫と

「行って来ます」少女が朝々声かける七時半なり起きねばならぬ

「おじいちゃんが入院する夜は寂しいか恐くないか」とやさしき少女

ささ鳴きをしてゐし幼の鶯よ今日は鳴き継ぐ頻伽の声に

幾年を壁に掛けゐる小面の今日はするどく吾を見てをり

ご近所の年配カップル数組に道々出会ふ投票日けふ

万朶の桜

ふり仰ぐ万朶の桜いま少しこのうつしよを生きよとさやぐ

自らに「ごきげんいかが」と問ひかけてさあ励まむよ今日の一日(ひとひ)を

取り出だしビデオに見たり孫、子らに囲まれ若やぐ卒寿の妣を

嘴細鴉の巣立ち

カナダより子の電話あり時差マイナス十六時間の時空の彼方

餌をやらず巣より離れて子鴉の巣立ちうながすつがひの嘴細鴉（ハシボソ）

嘴細鴉の巣立ちに思ふ自然の理、吾の子育てやや甘かりき

巣立ちたる高枝を剪れば嘴細鴉の集めし針金ハンガー百余

秋色の服で残暑の朝を行く夏休み短く終りし少女

大雨の打つ

在宅の勤務を問へばあつけらかん「彼女の家にいるよ」と孫は

何気なくかける電話に怒られる「起すなカナダは土曜の九時だよ」

疫病の退散祈願が由来なる山笠なれどコロナで中止

飾り山笠(やま)法被の男衆(をとこし)姿なく今年の博多を大雨の打つ

麦茶のうまさ

喉くだる麦茶のうまさ胃瘻する夫よもはや味はへないか

医師、看護師、ヘルパー、ケアマネ、療法士　〈チーム池野〉が夫の加療す

病院の電話より聞く「ありがとう」初めて聞きぬ夫の一言

コロナ禍も時には楽し孫ら来て〈人狼ゲーム〉に興じて遊ぶ

緊急事態宣言下四十八日目小池都知事のレースのマスク

自粛緩和

「お腹空いた。甘いまんじゅう食べたいな」胃瘻の夫は会ふたびに言ふ

「日曜の夕食ご一緒しましょうね」独りの吾を嫁は気づかふ

山を拓き介護施設は作られて見学に行く喘ぎつつ行く

それぞれの画家の個性の訴求力「ヨーロッパ印象派展」に疲れる

建てられて一年半経つ外国人向けＭＵＳＵＢＩ（むすび）ホテルに点る明るさ

修学旅行に行けると喜ぶ少女なりおぢいちゃんへの土産気にする

冬陽あまねし

倒れゐて雪に埋もれる水仙を瓶に活ければ春近きかな

ゆくりなくおひとり様ら集ひたる実家(さと)のリビング冬陽あまねし

水槽の中共喰ひの河豚らみな尾鰭失ひそれでも泳ぐ

ぼた雪と見紛ふばかりの白梅はけふの日射しに香りを放つ

一人居の友よりたびたび電話あり夫の思ひ出いつも聞きたり

「お見合いで一目惚れでしょ」夫に言ひ夫婦仲まで取り持つケアマネ

夫再び入院す

コロナ禍で会へざる施設の夫なるにまた入院を告げられゐたり

点滴の数日を経て義弟(おとうと)は柩に赤福抱きて逝きたり

病院の夫には内緒この夏に妹、義弟、義妹逝きたり

ひたぶるにその夫思ふ心根を詠みたる友の『白』といふ歌集

「会合は池野さんちが安全よ」自粛のわれは気遣はれをり

赤き薔薇受け

かすみ目に本を読むのもはかどらず生きの時間の過ぎゆくが惜し

〈卒寿〉ではふさはしからずと思ひしが〈鳩寿〉の一語歌集に知りぬ

再起せむ社会と繋がる空青しコンクリート塀なき近代刑務所

一夜さを紫色に発光す冷凍モツの自動販売機

ホルモンの自販機は日本初なりと主こたへる取材の人に

二十五年〈北京ＪＡＣ〉で務めたる役員を退く赤き薔薇受け

来るたびに背比べする少女ゐて自粛のババは日々来るを待つ

女性代議士誕生

喪の席が政治の話で盛り上がる期日前投票に寄ると弟言ひ

二十年後のこと思ふ甥っ子の三人娘の利発さ見るに

女性代議士誕生願ひ集ひたる吾らは友の〈当確〉に沸く

たのしみは県議三期のかなめさん代議士となるをテレビに見るとき

「初仕事は統計掲げる役でした」新代議士の笑顔さはやか

県知事をたぢたぢにせし気迫もつかなめさんならうまくやるやろ

たばこ屋さん夫婦と焼き芋食べながら友の代議士当選祝ふ

夫逝きぬ

胃瘻にて栄養剤を注入し肌の色つや良きかな夫

自が家に帰り来しごと寛げり退院せし夫は介護ホームで

「まだ死なんばい」夫の言葉に東京より来たる息子は笑みのみ返す

神前の榊生き生きする見ればホームの夫は穏しくあらむ

風混じる激しき雨の夕暮れを施設の夫を思ひて急ぐ

翌日に逝くとは知らず泊まり込む吾の姿を夫は目で追ふ

労りと感謝の言葉かけたきを急に夫は逝きてしまへり

厭ふ夫に酸素マスクをつけさせて存へさせむとせしが悔やまる

叶はざる帰宅を希ひゐし夫の亡骸乗せて車徐行す

「お父さん吾が家の前よ」すつぽりと布の覆へる夫に言ひたり

〈菩薩の顔〉遺影にせむと言ふ吾と〈世俗の顔〉を選ぶ長子と

コロナ禍のため会へざりしうからよ終（つひ）の夫に会ひしは三人

臨終に間に合はざりしを悔やむ弟（おと）遍路の法被を柩に入れる

〈万物の霊長〉たりしが息絶えて横たはるただ無機物として

世帯主欄

九十で一人前の思ひなり世帯主欄に吾が名のありて

祖父逝きて後ぞひの祖母にいぢわるを言ひし若さを思ひ出す宵

〈家制度〉廃止より五十余年経て世帯主はいまだ男性優位

目線が合ふ

あんなにも恨んだこともあつたのに夫の優しさばかりが浮かぶ

わが短歌読まざりし夫の枕辺のメモに見つける俳句いくつか

ご遺体の清拭はすんだと施設長　父の軀（からだ）を拭きしを想ふ

「お仏間のどこから見てもおじいちゃんの写真と目線が合うよ」と少女

ゆっくりとお別れをする余裕なく時間と経済ペースに乗せらるる

〈夫の死〉をファックスせむとし転びしが四十九日に激しく痛む

四人なる息子それぞれ夫逝きしのちのわたしを労りくれる

一夜さを吾が家にをりしカナブンを手より放ちぬ盆会の朝

博多祇園山笠再開

〈山笠(やま)があるから博多たい〉町辻に三年振りの法被の男衆(をとこし)

一年に一度の晴れの舞台とぞ櫛田入りする山笠舁(か)く男

山笠に乗るお歴々鉄砲の赤打ち振れる集団山見せ

締込みをきりりと締めていつちよ前街に駈けゆく小さきゐさらひ

彼岸花咲く

「下手すればポキリと骨が折れますよ」威されてする吾のリハビリ

投票のため帰省せる十八歳地球の危機を語りてやまず

湿度なき風の吹き来て庭先に彼岸花みな空指して咲(ひら)く

いままではそおつと背を押し呉れた夫「今後も見守りお願いします」

あとがき

何時果てるとも解らないロシアのウクライナ侵攻、北朝鮮から何時弾道ミサイルが飛んで来るかという危険な状況、その上コロナ禍も収まらないという私たちの国日本は大変な時代になってしまいました。

そんな不穏な時に私は九十一歳を迎えました。無力な私はただ黙々と日常の日々を過すばかりです。

「あとがきは長くなってもかまいません」と仰って下さった出版社の宇田川氏に感謝し、恐らく最後の歌集になるだろうと思い、一生を振り返らせて頂きます。

昭和六年、満州事変が起った年に私は東京で生まれました。その後、農林省林業試験場に勤めていた父が九州大学の教授として迎えられたのを機に福岡の地に一家は転居しました。私の小学校五年のときでした。生まれた頃から軍事色一辺倒の中で育てられ、国語も音楽も体育もすべて戦争を讃美するものばかりでした。

だんだん太平洋戦争が激しくなり、私たちきょうだいは母と共に父の郷里の大分県の日田の山村に疎開しました。私は女学校一年生（十三歳）を終了した頃でした。お陰で食糧も何とか間に合い、空襲の心配もなく自然のなかでのびのびと生活する事が出来ました。学校もあまり授業はなく、防空壕を掘ったり畑を耕したりしていました。二年生になると北九州の兵器工場がこの地方に移転して来て、私たちも僅かながら兵器作りのお手伝いをしました。

父の郷里の家には本が沢山あって、私は吉野源三郎『君たちはどう生きるか』、山本有三『心に太陽を持て』などを愛読しましたが「人間は何のために生まれて来たのだろう」「これからどう生きていけばよいのか」と一生懸命に考えました。四十六億年前に地球が出来たこと、六千五百万年前に哺乳類が現われて四百万年前に猿人が現われ人類に進化したことなど、いろいろの本で大変興味深く勉強しました。「何のために生まれて来たか」「どう生きたらよいか」はよく解りませんでしたが、その時の私の結論は、とにかく人類は今まで進歩してきたのだから少しでもその進歩にあやかるようなことをしよう。たとえ微々たる努力をしても人の為になるように生きようと強く決心しました。

女学校二年生（十四歳）の夏、一九四五年八月に太平洋戦争は終わりました。そして食糧不足などがあり、母はしばらく疎開地に残ったため、父のもとの福岡に帰った私は弟妹の世話をしながら学校に通ったりしました。その後、受験勉強、アルバイト、学生生活、結婚、育児、仕事など、めまぐるしい生活に追われて、人生の目的とか、どう生きるかなどゆっくり考える時間の余裕も、心の余裕もなく日々を過してしまいました。

漸く末の子が幼稚園に入ったころ、人の為に役立ちたいという若いころの決心を懐かしく思い出し、その当時、人生を考える素晴らしい時間を持てたことを感謝しました。

私たちの年代の女性は、結婚して婚家の環境に順応して生きていくのが普通でした。私も与えられた環境の中で小規模ながら会社を経営し、夫を助け、四人の男子を育てて生きてきました。しかし唯一、私自身が選択して勉強して来たものが短歌でした。多忙な暮らしのなか幾つかの社会奉仕をしながら、その時々の喜び、怒り、悲しみ、また政治や社会に対する憤慨などを短詩形の短歌に書き留めたいと末子の小学校入学を機に短歌を始めてから五十年近く経過しました。第一歌集、第二歌集、第三歌集の歌がそのまま私の生活史であり、私の生きた証であります。私は短歌を詠むに当たって誰にでもわかるように、解りやすい言葉で詠うように心がけてきました。

「あなたの短歌(うた)は女性らしい雅びも情緒もない」と男性の先輩から言われたことがあり、私ももっともだと思いますが、私はそんな歌を真似ることは出来ません。第二歌集『清水湧き継ぐ』を上梓して十年近く経ち、最後の歌集にそろそろ取りかかりたいと福岡支部の若きベテランであり選者である藤野早苗氏に相談したところ、「最後の歌集なら」とコスモス本部の新進気鋭の選者、大松達知氏を紹介して下さいました。大松氏は福岡支部に講師として来て頂いた時、たまたま抽選で懇親会の隣席になった方であり、福岡支部報「水城」の詠草も懇ろに批評して頂いたご縁もあり、お願いすることになりました。

ところが、詠草をまとめ始めて、高齢の夫を始め近親者、知人などにここ一、二年ほど次々と不幸が襲い、高齢になった私は大変な時を過し、大松氏、六花書林の宇田川氏には大変なご迷惑をおかけしてしまいました。

長い間お待たせしたにも拘わらずご親切に選歌、ご指導して下さった大松達知氏、細部まで行き届いたご配慮の宇田川寛之氏に心より感謝申し上げます。

また、最後まで理解を示して呉れた亡き夫―「あんたのライフワークは女性の地位向上と短歌だね」と笑っていた姿が思い出されます。胃瘻のため自宅で看取ることが出来なかったことは返す返すも残念でした。

『彼岸花咲く』は背中を押してくれていた夫に捧げたいと思います。

長い間、いろいろと短歌をご指導下さった故江嶋寿雄氏、故大野展男氏、故木原昭三氏に心から感謝申し上げます。また現在懇切にご指導、助言を下さっている藤野早苗氏始め福岡コスモス支部の皆様ありがとうございました。今後ともよろしくお願いします。

二〇二二年十一月

池野京子

著者略歴

池野京子（いけのきょうこ）

1931年10月８日　東京都生まれ
1954年　福岡女子大学卒業
1975年　コスモス短歌会入会
1997年　第一歌集『女ら集ふ』上梓
2011年　第二歌集『清水湧き継ぐ』上梓
　　　　（平成24年度福岡市文学賞受賞）

・福岡県教育委員
・福岡県第２回女性研修の翼団長
・福岡県男女共同参画懇活会委員
・福岡(県)保護司選考会委員（女性初）
・福岡家庭裁判所調停委員
・保護司
・㈲丸万産業代表取締役など歴任　福岡県内で男女共同参画、人権問題など講演活動、その他人生相談、女性議員を増やす活動に従事

現住所　〒812-0017
　　　　福岡県福岡市博多区美野島２-26-32

彼岸花咲（ひら）く

コスモス叢書第1219篇

2022年12月23日 初版発行

著 者――池 野 京 子

発行者――宇田川寛之

発行所――六花書林
〒170-0005
東京都豊島区南大塚 3 - 24 - 10 マリノホームズ1A
電 話 03-5949-6307
FAX 03-6912-7595

発売――開発社
〒103-0023
東京都中央区日本橋本町 1 - 4 - 9 フォーラム日本橋 8 階
電 話 03-5205-0211
FAX 03-5205-2516

印刷――相良整版印刷

製本――仲佐製本

定価はカバーに表示してあります
ISBN978-4-910181-44-8 C0092